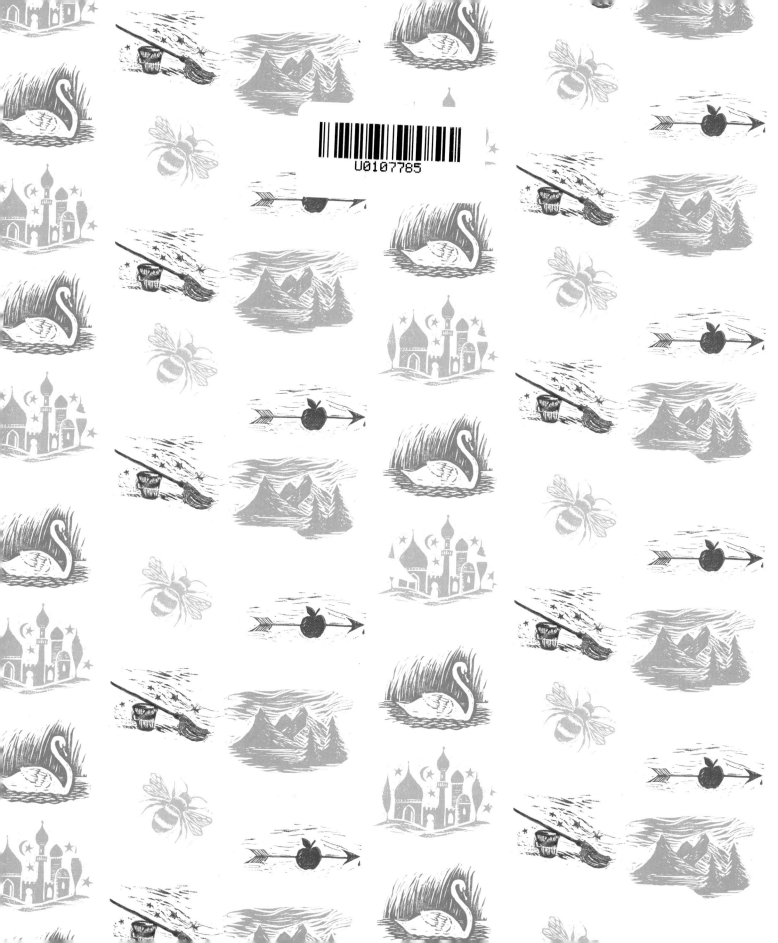

这本书献给与我共事多年的音乐家、管弦乐团、指挥家和我的朋友们，是他们激发了我创作这本书的灵感。

图书在版编目（CIP）数据

古典音乐里的故事 /（英）詹姆斯·梅修著；孙淇译 . -- 成都：四川美术出版社，2024.6
书名原文：ONCE UPON A TUNE：STORIES FROM THE ORCHESTRA
ISBN 978-7-5740-1100-7

Ⅰ.①古… Ⅱ.①詹… ②孙… Ⅲ.①古典音乐—西方国家—通俗读物 Ⅳ.① J605.5-49

中国国家版本馆 CIP 数据核字 (2024) 第 071608 号

古典音乐里的故事
GUDIAN YINYUE LI DE GUSHI

[英] 詹姆斯·梅修 著　孙淇 译

选题策划	北京浪花朵朵文化传播有限公司	出版统筹	吴兴元
责任编辑	田倩宇	特约编辑	马　丹
责任校对	袁一帆	责任印制	黎　伟
封面设计	墨白空间·余潇靓	版式设计	赵昕玥
营销推广	ONEBOOK		

出版发行　四川美术出版社
（成都市锦江区工业园区三色路 238 号　邮编：610023）

开　本	889 毫米 × 1092 毫米　1/16	印　张	6
字　数	80 千	图　幅	96 幅
印　刷	河北中科印刷科技发展有限公司		
版　次	2024 年 6 月第 1 版		
印　次	2024 年 6 月第 1 次印刷		
书　号	ISBN 978-7-5740-1100-7		
定　价	79.80 元		

读者服务：reader@hinabook.com 188-1142-1266
投稿服务：onebook@hinabook.com 133-6631-2326
直销服务：buy@hinabook.com 133-6657-3072
官方微博：@ 浪花朵朵童书

古典音乐里的故事

［英］詹姆斯·梅修 著　孙淇 译

四川美术出版社

目 录

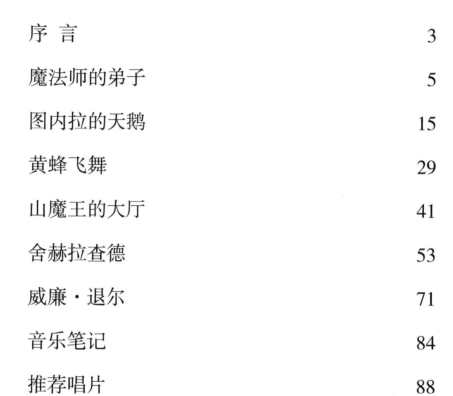

序 言

想象一下，在剧场里，管弦乐队正做着准备，调校着他们的乐器：弦乐器有小提琴、中提琴、低音提琴、大提琴和竖琴；铜管乐器有小号、长号、大号和圆号；木管乐器有长笛、低音管、单簧管、双簧管和短笛；打击乐器有鼓、钹、三角铁和铃。

这时指挥家上台了，他挥舞起指挥棒，剧场的灯光暗了下来。管弦乐队开始演奏，美妙的音乐在大厅里流淌开来。忽然，你意识到，这不仅仅是一支曲子——它还在讲述着一个故事。

音乐是一种美妙而独特的讲述故事的方式，去音乐厅欣赏真正的管弦乐是一件令人兴奋的事。很多伟大的作曲家受到启发，为管弦乐队创作了"音乐画"或"音乐诗"，使用各种乐器来表现不同的人物和场景、魔法和恶作剧、旅行和冒险等。

在本书中，你可以读到一些激发音乐家创作灵感的故事，这些奇妙的故事有的出自各国知名作家之手，有的来自古代传说。在本书中，你会遇到非同凡响、不可思议的角色：芬兰的幽灵天鹅，中世纪德国的魔法师学徒，变成大黄蜂的俄罗斯王子，挪威的山魔王，擅用十字弓、英勇无畏的瑞士英雄威廉·退尔，善讲故事的王后舍赫拉查德。

当然，你不必为了去听一场音乐会而阅读这本书——不管有没有音乐，这些故事都是精彩动人的。不过我还是希望，你能从中受到启发去听听那些音乐。即使在家里听一听网络下载的音乐，你也会很快进入想象，仿佛自己正在和巨魔战斗，和魔法扫帚扭打，和水手辛巴达一起航行在七海上。

希望这本书是一场令人兴奋的音乐之旅的开始！

James Mayhew

唐姆斯·梅修

魔法师的弟子

保罗·杜卡斯作曲，取材于歌德的叙事诗《魔法师的弟子》

清晨的阳光洒在积满灰尘的架子和结满蛛网的瓶子上，又慢慢移动到地板上。魔法师的城堡异常安静，仿佛在等待着什么事情的发生……

魔法师很少在外面待一整天，把男孩独自留下这还是头一遭。在雇个学徒来帮自己之前，他犹豫了好久，可他年纪越来越大，确实需要个人手来帮忙打扫、为施法做做准备。于是他在镇上找到一个男孩，他认为那孩子年龄正合适——足够大，可以派上用场；又足够年轻，可以接受训练。

年轻的学徒起初开心极了。想想吧，为一位真正的魔法师工作，还能学习魔法！可他大部分时间只是擦啊，洗啊，涮啊，有趣的事一样都不让做。

魔法师今天也给男孩留了一长串要做的事。

男孩深深地叹了口气，掸掉几架子灰尘，又收集了一些蜘蛛网，仔细地放进罐子里。

清单上有一项任务，是给大坩埚注满水。

在所有任务中男孩最讨厌这个，因为这里唯一的水源是城堡外的一条河。天气已经热起来了——打水、搬运，再倒进无底洞般的大坩埚里，真是一件很辛苦的差事。

这时，阳光刚巧洒在一本翻开的书上。魔法师竟然把他的咒语书落在这儿了！

男孩简直不敢相信自己的运气，他仔细看了看翻开的那页。摆在他面前的是一条让普通物品活过来的咒语。

他敢念出这条咒语吗？

男孩四下张望，想找个有用的东西来施咒，结果看到一把破旧的软毛扫帚倚在墙边……

男孩笑了。"肯定行不通，"他自言自语道，"可我还是要试试。"他举起双手，一遍又一遍嘟囔着咒语，他看见魔法师就是这么做的。咒语在空气中回荡……

> 细枝做的小扫帚，
> 快到河里把水舀，
> 哗啦哗啦埚里倒，
> 活过来呀快快跑！

可是扫帚一点儿动静也没有。

男孩放下双臂，叹了口气。

可是等等！不是在做梦吧？扫帚好像在扭

动，细枝沙沙作响。扫帚长出了胳膊和腿，蹦跳着活了

过来。

男孩放声大笑，他把水桶交给扫帚，指向那条河。

小扫帚顺从地点点头，就向河边跑去，两条新腿跑起来还不太利索。

不多会儿，它就提着一桶水回来了，接着把水倒进了坩埚里。

它再次离开，来来回回，提回了一桶又一桶的水！

男孩坐在魔法师的大椅子上，沐浴在温暖的阳光中。当个出色的魔法师并不那么困难嘛，他想着想着……便睡着了。

但他那满是荣耀与权力的美梦却被湿答答的双脚打断了。男孩低头一看，只见地板已经湿透了，水还在不断地从坩埚里往外冒呢。

他命令扫帚停下来，可扫帚根本不听。

"停下！我命令你停下！"他大声喊道。

扫帚还是不理——停止从来都不是咒语的一部分！

更多的水被提了回来，扫帚也越跑越快。

男孩飞快地翻着书页，想要找到一条新咒语来阻止先头的那个。但一条有用的都没有！绝望中，他抓起一把斧子冲向扫帚，把它砍成了两段。

"瞧，"他说，"这就能阻止你了。"

而事实并非如此！他惊恐地发现，被砍成两段的扫帚都长出了腿和胳膊。两段扫帚都提起水桶朝河边跑去，越跑越快，又把水倒进了坩埚里。水很快就没过了男孩的腰，然后是脖子。瓶子和书都漂浮起来，水越积越深。整座城堡都会被淹没吗？大水会吞掉整个小镇吧？

也许整个世界都会沉入水底！

　　一个大浪把男孩卷了起来，哦，他多希望自己从来没用过魔法啊！

　　就在这时，魔法师出现在门口，水从他身旁奔腾而过。他举起双臂，发出了几个有力的字眼，男孩"扑通"一声掉下来——掉在干干的地板上。

　　大水消失，坩埚空空，扫帚重新倚在墙上。

魔法师什么也没说，他知道男孩已经得到了教训。魔法是一件复杂的事情，但有时你得吃点儿苦头才会明白。魔法师把水桶递给男孩，指向那条河。

　　男孩匆忙离开，开始去完成漫长的往坩埚里倒水的任务。不过他非常高兴能用平常的方式来打水，没有任何魔法，也绝对不会淹没世界！

图内拉的天鹅

让·西贝柳斯作曲，取材于芬兰的民族史诗《卡勒瓦拉》

　　莱明凯宁站在大河之畔。北极光在他头顶舞动，尖利的星星划破长空。生长在河畔的灯芯草和芦苇上结满了晶莹的寒霜。这片死亡之地冰寒刺骨。莱明凯宁正等待着图内拉的天鹅，那分隔生死两界之河的守护者。

　　他历尽千辛万苦来到这里，只为求娶一位公主。人们称她为北方少女，据说她是芬兰最美的女人。因此莱明凯宁踏上了漫长的旅程，要去赢得他的新娘。毕竟，他是这般高大帅气！她一定会爱上他，爱上他那巧妙的辞藻和迷人的歌喉，爱上他用诗歌编织的魔法与音乐！

　　母亲劝他不要去，警告他那里危险重重。

　　莱明凯宁嘲笑她，老太太怎会懂得什么叫一片痴情？他驾着雪橇出发了，穿过无边的冰冻森林和冰封湖泊，去寻找美丽的少女。

　　可当他抵达北国时，却发现少女的母亲竟然是北方最邪恶的女巫女王露西。想要迎娶她的女儿，莱明凯宁必须完成她给出的三个任务。

　　头一个任务是捕捉魔鬼的麋鹿，一个从木头和苔藓中长出来的巨怪。

　　莱明凯宁向森林之神塔皮奥唱起了魔法之歌，塔皮奥送给他一些魔法木，他用这些魔法木做了一个魔法滑雪板。他驾着滑雪板在雪地上疾驰，在丛林间穿梭，跑得比风还快。没费多少工夫，他就为女巫女王捉住了魔鬼的麋鹿。

第二个任务是捕捉魔鬼的马，一匹诞生于日出之时的赤焰种马。

莱明凯宁向天空之神唱起了歌，歌声让空气越来越潮湿，雨夹雪变成大雪，浇灭了种马身上的烈焰。莱明凯宁骑着这匹马，昂首挺胸走进了女巫女王的宫殿。

"接下来你该去射杀图内拉的天鹅了，"女巫女王说，"那只守护死亡之地的天鹅！"

莱明凯宁站在河畔，等待着天鹅。"只要
一箭！"他想，"北方少女就是我的了！"

这时，他看见了那只天鹅，鬼魂般倒映在
水面上。天鹅唱起歌，歌声诡异而摄人心魄，
他拉开弓弦的手犹豫了。

　　莱明凯宁并未察觉女巫派了一个卫兵跟踪和阻挠他。那家伙是个善妒的男人，一心想把北方少女占为己有。卫兵念咒施法，召唤出一条水蛇，咬了莱明凯宁一口。

　　毒液渗透全身，莱明凯宁发觉自己站不住了，一头栽进河里。在倒下的那一刻，他想起了远方的母亲——他哭喊呼唤着她。然而就在这时，死亡之神图奥尼将他砍成了碎块，以报复他的胆大妄为——竟敢将箭对准自己的天鹅。

　　莱明凯宁的生命就这样结束了吗？不——当然没有。在遥远的南方，他的母亲梦见了他。她看见莱明凯宁留在家里的梳子渗出了鲜血，她知道她必须把他找回来。

没有雪橇，她只能走路。她一步一步穿过雪原，日日夜夜，从未停歇，直到找到了女巫女王露西。

"我儿子在哪儿？"她问。

女巫女王大笑起来，淡淡地说了一句："猎杀天鹅去了。"

　　莱明凯宁的母亲一路寻找，问森林，问小路，问风儿和月亮："我儿子在哪儿？"后来，那无所不知、无所不见的太阳，告诉她去图内拉，那片死亡之地。

最后，她来到了冰封之地，儿子倒下的地方。她在河里发现了已被砍成碎块的莱明凯宁。她跪下哭泣，眼泪冻结在脸颊上。

好在春天终于来了。莱明凯宁的母亲唱起了修复之歌、治愈之歌，她用爱和魔法的丝线，将儿子重新缝合在了一起。

莱明凯宁的眼睛依然紧闭。

一只蜜蜂飞过，她对它说："飞到森林里去吧，为我从花朵上采些蜜！"

蜜蜂照她说的做了，可花蜜不够浓稠。

"飞到岛上去吧，"她说，"那里的花更美。"

当蜜蜂飞回来时，花蜜的魔力依然不够。

"那就飞去天堂吧，"莱明凯宁的母亲说，"从天堂的花朵上采些蜜来，它们是最美的花朵。"

小蜜蜂带着花蜜回来了，花蜜如此浓稠，充满魔力，伤口开始愈合，魔法开始生效，莱明凯宁慢慢睁开了眼睛。母亲笑了，神明把她的孩子还回来了。

莱明凯宁一跃而起，拾起他的弓箭，开始寻找天鹅。

"不，我的儿，"母亲温柔地说，"让她游弋在冰冷的河水里吧，一个温暖的家正等待着你。"

莱明凯宁望向母亲的眼睛，里面满满的都是对儿子的爱。他明白了，母亲走了多远的路，流了多少的眼泪啊。于是他点点头，和母亲一起离开，留下图内拉的天鹅守护着死亡之地。

时光飞逝，莱明凯宁早已忘掉北方少女，娶了一个金发女孩，名叫季丽吉。他们幸福长久地生活在一起。莱明凯宁喜欢冒险，在北极光之地，他还经历了好多好多令人兴奋、充满魔力的冒险呢。

黄蜂飞舞

尼古拉·里姆斯基 – 科萨科夫作曲，
取材于普希金的《萨尔丹沙皇的故事》

在大雪飞舞的远方，三姐妹正坐在烛光下，和她们的老表姐芭芭丽卡一起纺线。

"真不明白你们这些女孩子干吗不嫁人，"表姐嘟囔道，"我们的沙皇还孤身一人、至今未娶……"

"要是沙皇娶了我，"大姐说，"我要为他做最丰盛的美味佳肴。"

"我要为他织一件最华贵的衣衫。"二姐说。

最小的妹妹名叫米丽特瑞莎，她说："我不擅长烹饪，也不擅长织布，所以我要为沙皇生一个既英俊又优雅，如勇士般强壮的王子！"

刚巧这时，萨尔丹沙皇打门外经过，听到了这番话。

他很喜欢这话，便推开了门。"你就是我寻找已久的新娘啊！"他对米丽特瑞莎说，"来吧，我们立刻举行婚礼……我也会带上你的姐姐们，让她们做厨娘和织娘！"

第二天，沙皇就迎娶了米丽特瑞莎。可是她的姐姐们却对妹妹嫉妒得要死。

"沙皇为什么选择了她？"一个姐姐嘟囔道。

"咱们比她更能胜任皇后的位子。"另一个咆哮道。

芭芭丽卡安慰她们道："别担心，咱们会想出妙计的！"

说巧不巧，婚礼刚过，沙皇就上战场了。他离开时，三姐妹一一挥手告别。

时光飞逝，季节更迭，美丽的米丽特瑞莎生下一个漂亮的男孩。厨娘、织娘和恶毒的芭芭丽卡给沙皇送去了一封信，上面写道：

> 小婴儿长得根本不像个孩子，倒像一种怪物。

仁慈的沙皇以爱和理解回复了她们，厨娘、织娘和芭芭丽卡却伪造了一封沙皇的回信：

> 把皇后和婴儿装在桶里，扔进大海。
> 这是沙皇的命令！

谁敢违抗沙皇呢？哦！全城的人都哭了。

当卫兵把皇后和她的婴孩装进桶里，从高高的悬崖推进黑黑的大海时，厨娘、织娘和恶毒的芭芭丽卡全都放声大笑起来。

然而……木桶却像船一样漂浮在海面上。星光闪耀，波浪翻腾，小王子和他的母亲蜷缩在黑暗里。

而这个男孩，注定要成为英雄！他每时每刻都在长大，因此当他和母亲漂到一个遥远小岛的岸边时，他已经长成大人了。

小岛上什么都没有，只有一棵老橡树。

王子折下一根树枝，做了弓和箭。

"我要去找些吃的，漂了这么久，真的好饿啊。"他说。

就在这时，他看到一只白天鹅拍打着翅膀，正在反击朝她扑来的大鹰。王子拉弓朝那只恶鹰射了一箭，恶鹰掉进大海里，立刻消失了。

天鹅低下头，开口说道："好心的王子，这不是鹰，是乔装打扮的巫师，我要为你的勇敢奖励你。黎明时到海边来，记住，我将重返两次来帮你。"

第二天清晨，他们看见了多么壮观的景象啊！海中升起了一座宏伟的城市，钟声齐鸣，圆形屋顶在金色的天空下闪闪发光！一支由三十三名银甲勇士组成的队伍踏浪走来，水晶亭里一只松鼠敲开金子坚果，露出翡翠果仁。人们朝城门口涌来，欢迎王子做他们的统治者。

"欢迎来到棒棒糖城和布延岛。"人们欢唱着。王子和米丽特瑞莎从没见过这样的奇观!

不一会儿,商人们驾船来到了这座岛,他们也惊诧极了,一夜之间竟然出现了这么美丽的城市。他们说要去告诉他们的萨尔丹沙皇!

听到商人们要去自己的故乡，王子对天鹅说："我好想去我父亲的王国，想去查查到底发生了什么事。"

天鹅拍打着羽毛，说："那就变成一只大黄蜂吧！藏在船上，你很快就会弄清自己的身世的。"

王子长出了翅膀，嗡嗡嗡地飞上了蓝天。他越变越小，当他飞到船上时，黄蜂王子已经小得没有任何人能注意到他了。

商人们抵达了萨尔丹沙皇的王国，他们将旅行带回的地毯、香料和珠宝送上岸。沙皇前来迎接他们，他已从战场回来了。跟在他身后的是御用厨娘、皇家织娘和恶毒的芭芭丽卡。

"请告诉我，朋友，你们旅行时是否见过能与我的王国相媲美的地方？"沙皇问。

"您的王国确实了不起，"船长说，"但在我们所见之地中，布延岛是最特别的。棒棒糖城从海中升起，管理那座城的是一位英俊的王子和他的母亲。"

"哦，我真想去那里看看。"悲伤的沙皇叹了口气。

自从失去了亲爱的米丽特瑞莎，他就很少笑了……

厨娘和织娘心里一阵恐慌。"王子和他的母亲！莫非我们的妹妹还安然无恙？"一个姐姐说。

"绝不能让沙皇知道是咱们写了那些信!"另一个嘀咕道。

大黄蜂王子愤怒地绕着她们飞来飞去。这么说是他的姨妈们欺骗了沙皇!

"滚开!可恶的黄蜂!"她们咆哮着。随后御用厨娘开口道:"那可算不上什么奇迹。有个更罕见的地方,那里的松鼠能敲开装满翡翠果仁的金子坚果……"

船长笑起来:"嗨,就是同一个地方!"

"还有个更罕见的地方呢,三十三名身披银甲的勇士从海中升起!"织娘说。

“这个我们也看到了。”船长说。

“我一定要去！”萨尔丹沙皇说，“立刻，马上，不要耽搁，今天就启航！”

“不要去！留下来！”姐妹俩和她们的老表姐紧紧抱住沙皇喊道。

“还有个稀罕得不得了的地方，那里住着一位公主，她美如天鹅，无与伦比，身披月光，秀发生辉……”芭芭丽卡说。

可是黄蜂飞来，狠狠地蜇了厨娘、织娘和狡猾的芭芭丽卡的眼睛。哦，你肯定从没听过这么可怕的哭嚎声、叫喊声，人人都想踩死那只小黄蜂，他只好飞快地从窗口逃了出去。

不久，王子回到了布延岛，天鹅重新把他变回了人身。

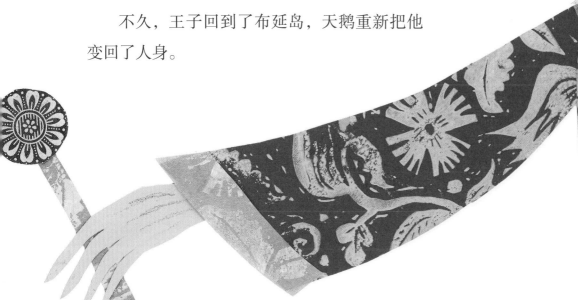

"旅行回来你看上去很悲伤，告诉我是怎么回事。"天鹅说。

"复仇无法带来幸福，"他说，"我向往爱情——梦想着一位美丽的公主，月光洒在她的头发上，可是我怎么才能找到她呢？"

王子话音刚落，天鹅就拍打起翅膀。她的羽毛纷纷脱落，现出一位公主来，正和王子梦想中的一样美丽，因王子的爱，恶鹰的咒语被打破了。

"我的天鹅公主，"王子说，"我们马上结婚吧，这样就可以一起治理棒棒糖城了。"

住在岛上的人都聚到了海边，因为一艘大船正驶进港湾。

站在船头的，正是萨尔丹沙皇。他跳上岸，要目睹这座城的奇景。

沙皇发现了米丽特瑞莎，紧紧拥抱了她，他也拥抱了自己的儿子和美丽的天鹅公主。

真相大白于天下，尽管如此，芭芭丽卡、御用厨娘和皇家织娘还是得到了宽恕。接下来，一场空前的盛宴开始了，人们唱啊，跳啊，享受着蜂蜜面包，还有蜜酿美酒。

山魔王的大厅

爱德华·格里格作曲，

取材于易卜生的《培尔·金特》

培尔·金特躺在山坡柔软的草地上，仰望着悠悠飘过的云。没有什么比躺在阳光下做白日梦更让他热爱的了。

就在昨天，母亲还责骂他是个懒鬼呢。她气得不得了，因为他把衣服撕成了条。他试着解释自己是如何把衣服撕破的——他骑着一头大雄鹿翻山越岭、跳过峡谷，蹦得几乎和午夜的太阳一样高。

可是每个人都这么说：

"他是个骗子。"

"他是个废物。"

"他是个一无是处的家伙。"

培尔·金特叹了口气，没人相信他的故事。天渐渐黑了，他不知道该不该回到村里去。

"要是我留在外面不回去，他们就会担心我，那他们可是活该！"最后他下定了决心。不管怎样，自从一次婚礼上他想和所有女孩跳舞惹出麻烦后，他在村子里就再也不受待见了。

"反正他们都憎恶我，没一个姑娘愿意跟我跳舞。人人都认为我是个坏蛋，好吧，那就让他们瞧瞧。"

他从地上爬起来，对着山谷大喊起来：

"等着吧！总有一天我会出人头地，当上国王或皇帝。
我要离开这里去赚大钱，你们等着瞧吧！"
他沿着山坡越爬越高，暮色沉沉，寒气愈来愈重。

他不由自主地想起了村里新搬来的女孩索尔维格。她太美了，在所有女孩中，他最想跟她跳舞。

"我觉得她也想跟我跳舞……"他想，"只是她害怕我，因为大家都告诉她，我是个大麻烦。"

正在这时，昏暗中，培尔·金特看见了一个身穿绿裙的姑娘，不是索尔维格，而是个眼睛闪亮、头发蓬乱的奇怪女孩。

"我想跟你跳舞，"她说，"还有……要是你愿意，我还会嫁给你！"说完就笑着跑开了。

　　培尔·金特着魔一般地跟了上去。

　　"你是谁?"他喊道。

　　"哦,我就是山魔王的女儿。你听说过他吗?要是你和我结婚,就会得到一大笔财富——一大笔金子嫁妆。来吧,见见我父亲,然后你再做打算。"

　　培尔·金特跟着绿裙女孩走进了山洞。

他们越走越深，越走越黑，一直走到山洞尽头，来到一个巨大的地下洞穴。洞穴里到处是闪闪发亮的眼睛和低沉的声音。很快，培尔就看到山洞里挤满了巨魔。

女孩的父亲坐在一把巨大的椅子上，怒视着培尔·金特。

"哇哦，看哪！我们这里来了一个人类！"

所有巨魔都向前挤过来，想看得更清楚些。

"我们可以吃掉他吗？"巨魔们问。

"不行！绝对不行！"培尔·金特说，"我是来娶山魔王的女儿的！"

"想娶我的女儿，你就得变成一个巨魔。"山魔王说。

"要如何变？"培尔·金特问。

"这个容易，"山魔王说，"当然是放弃你的人性，变得邪恶。"

"这个做得到。"培尔说，"所有人都认为我很邪恶了！"

"你还得有一条尾巴。"山魔王说。

"要不要给他插上一条？"一些巨魔大笑起来。

"没错！"山魔王说，"给这个人类插上一条尾巴，把他变成巨魔！"

"不插的话，可以挖他眼珠吗？"另外一些巨魔问。

培尔·金特恐慌起来。他可不想在自己身上插条尾巴！

巨魔实在太多了，全都长着恶毒的圆眼睛和参差不齐的牙齿。他们越靠越近，咚咚咚地跺着巨大的毛脚，口水滴滴答答往下淌。

"抓住他，吃掉他，撕碎他，杀了他！"他们唱着，围着他一圈一圈跳起了舞。

"你是人类还是巨魔？"山魔王咆哮道。

"我只是个男孩。"培尔一边说，一边寻找着逃出去的路。

"哦，你已无路可逃了……"山魔王说，"长出尾巴，或者被活活吃掉！决定吧！"

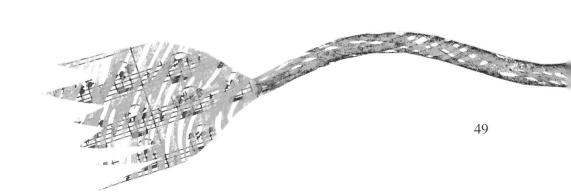

培尔·金特跑起来，可是没有出口，无路可逃！

巨魔们越跳越快，越笑越响，他们伸出爪子来抓他。

这时！远远地，培尔听见山谷里传来教堂的钟声。

巨魔们嚎叫起来，嘶嘶咆哮着向后退去，消失在洞壁里。

培尔倒在地上，昏了过去。

当培尔·金特醒来时，发现自己回到了山坡柔软的草地上。山下远远地可以望见母亲的农场，这时天已经亮了。他想起了教堂的钟声，大家都知道，巨魔讨厌教堂的钟声……

不过是谁敲响了钟呢？

这时山上走下来一个小姑娘——是索尔维格的妹妹。她解释说，索尔维格敲钟是因为大家都知道培尔夜里在山上失踪了，他可怜的母亲整夜都在寻找他。

原来是索尔维格救了自己！

培尔·金特跑下山去找她。

"哦，我都经历了什么啊，"他说，"想想吧，我差点儿被巨魔吃掉！"

"啊，是的，我听说过你所有的怪事奇闻，培尔·金特。"索尔维格说。

"可那是真的！而且你敲钟救了我。"

"好吧，真是幸运啊，不是吗？"她笑起来，"要是你被生吞活剥了，那就太惨了。"

　　"亲爱的索尔维格，"培尔说，"总有一天我会配得上你的，那时你就会跟我跳舞了。也许我会到远方去冒险，寻找我的好运气。也许我会有所作为的，不过索尔维格……如果我走了，你会等我吗？"

　　索尔维格沉思了片刻，然后笑了。

　　"是的，"她说，"我会等的。"

　　说完他们一起朝家里走去。

舍赫拉查德

尼古拉·里姆斯基-科萨科夫作曲，
取材于《一千零一夜》

　　苏丹沙哈里亚是个满腔怒火的男人。哦，他拥有权力、财富、宫殿和花园，还有东方所有的奢侈品。但自从他的王后背叛他，爱上一个奴隶后，他的心就碎了。是的，苏丹非常愤怒，把王后交给了刽子手……

　　苏丹认为自己再也不会相信任何女人了，他宣布从此将每天娶一个新王后，并在第二天早上将她处死。然后他再娶另一个妻子，循环往复……这样的话，他想，就没有任何女人有时间再伤他的心了。

　　巴格达所有年轻女人都陷入了恐慌——谁会被选为苏丹的下一任妻子？

　　苏丹有一位大臣，大臣有两个女儿。大女儿非常聪明，读过很多书。她的名字叫舍赫拉查德。

　　"父亲，"她说，"请允许我嫁给苏丹。"

　　父亲无论怎么劝说，都无法改变她的想法，于是那天晚上，她来到了王宫。

　　苏丹非常高兴，因为舍赫拉查德不但貌美如花，更是聪敏过人。婚宴结束，夕阳沉到尖塔后面时，舍赫拉查德请求苏丹，让她的妹妹敦亚佐德来和自己道别。苏丹答应了。

　　按照舍赫拉查德的计划，敦亚佐德来到王宫，泪流满面地说："亲爱的姐姐，你明天早上就要死了，能不能给我讲最后一个故事？"

　　苏丹很感兴趣，因为每个人都喜欢听故事。

　　于是，舍赫拉查德开始了她的故事……

"在伟大的哈里发哈伦·拉希德时代，有个人名叫辛巴达。他挥霍光父亲的财产，便在船上找了一份差事。

"在海上航行了四十天之后，船长开始搜索地平线，寻找陆地，好去弄些食物和水来补给。很快，他就发现了一座绿色小岛，便把船驶向了那里。水手们从小岛的树上摘下果子，然后搭起帐篷，还生起一堆火，因为夜晚十分寒冷。

"突然，脚下的地面晃动起来。

"'地震了？'船长问。

"'不，比那更糟。'辛巴达回答，'这不是岛——咱们在海怪背上扎了营！'

"那头愤怒的巨怪把水手们统统抛进了海浪里。大家都奋力游上了船——除了辛巴达，海怪的尾巴一甩，就把他远远地扔了出去。船长以为他在海里淹死了，便扬帆起锚，丢下辛巴达离开了……

　　"后来，辛巴达被海浪冲到了一座无人岛上。他看到前面有个巨大的圆顶，宛如清真寺的屋顶。当他靠近一看，不禁大吃了一惊，原来那是一颗巨大的蛋。

　　"正当他思索着什么样的鸟会下这么大的蛋时，一个黑影落到了岛上。辛巴达抬起头，看见了那只可怕的大鹏，它巨大无比，足以叼起一头大象喂它的宝宝……"

　　舍赫拉查德整宿都在讲辛巴达的故事，她讲述的那些奇闻怪事，苏丹听得惊讶万分。时间流逝，月亮沉落，星光暗淡，可舍赫拉查德还没有讲完她的故事呢。

　　"接下来发生了什么？"苏丹说，"你必须告诉我！"

　　"辛巴达在七海上经历了很多冒险，"舍赫拉查德说，"可现在是早晨了，按照您的法律，我得去见刽子手了。"

　　苏丹顿了顿，"嗯，"最后他说道，"我很想听完你的故事，我想你再多活一个晚上也无碍。"

于是，第二天晚上，舍赫拉查德继续讲故事。苏丹凝神倾听她讲的每一个字，一个故事接着一个故事，很快又一个夜晚过去了。

当太阳升起时，舍赫拉查德又没有讲完她的故事，于是苏丹再次打发走了刽子手。

一夜又一夜，一个故事接一个故事，讲述着魔法与神秘、奇遇与惊险。其中最奇特的是卡伦德王子的故事，他是一位国王的儿子，却被一个愤怒的妖怪变成了一只猿猴。

　　"有一天，他来到一座宫殿，住在那里的苏丹需要一个抄写员。"舍赫拉查德说，"这位王子的书法技艺令人钦佩，即使变成了猿猴，他仍能把阿拉伯文写得秀美飘逸。苏丹雇用了这位王子，为他的宫廷增添乐趣！

　　"恰巧，这位苏丹有一个女儿，她通晓七十条魔法。公主看出那只猿猴其实是一位被施了魔法的王子。于是，她召出了妖怪，并与他斗法。妖怪变成狮子，她就变成蛇。妖怪摇身一变，变成恶鹰，公主就化成一匹狼。他们斗啊斗啊，直到公主使用魔法火焰，最终打败了妖怪。

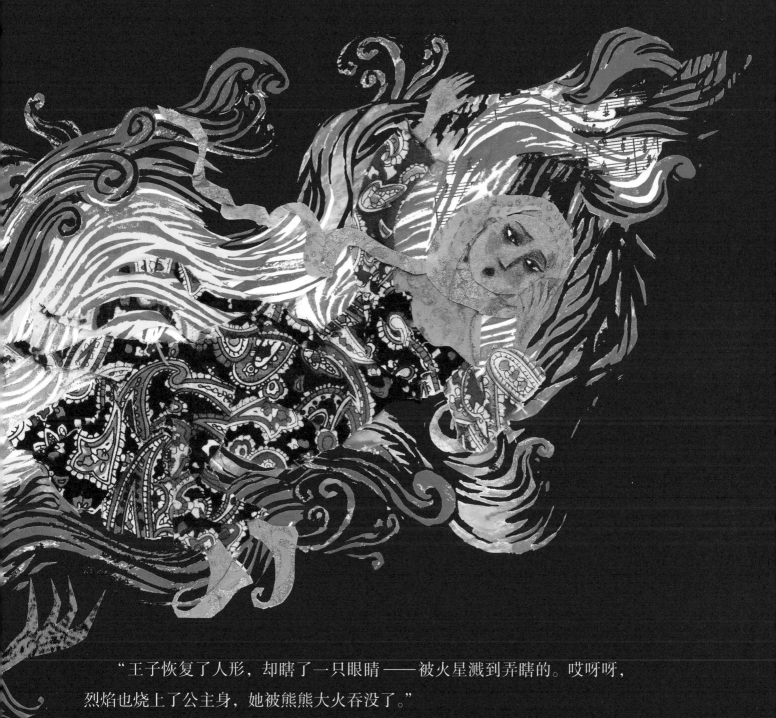

　　"王子恢复了人形，却瞎了一只眼睛——被火星溅到弄瞎的。哎呀呀，烈焰也烧上了公主身，她被熊熊大火吞没了。"

　　舍赫拉查德解释说，当王子看到公主消失在烈火中，心里充满了悲痛，于是他给自己穿成流浪乞丐的样子，放弃了所有的荣华富贵……

每个夜晚，舍赫拉查德都在继续她的故事；每个清晨，苏丹都发现自己推迟了对她的处决。确实，舍赫拉查德的故事是如此奇特和精彩，以至苏丹很快就发现，自己每天晚上都在迫不及待地等着她开始讲故事。

几个星期过去了，几个月过去了，舍赫拉查德每天都在仔细思考接下来要讲的故事。

一天晚上，她选择讲一个爱情故事，一对年轻的王子和公主的故事。

"一个魔鬼和一个妖精在争论谁是这个世界上最美的肉身凡人。"舍赫拉查德开讲了，"魔鬼认为是波斯王子卡马拉扎曼，而妖精则坚持说是中国公主芭朵拉。因此一天夜里，魔鬼把熟睡的芭朵拉带到了波斯王子的塔楼里，让她躺在王子身边。

"他们美得一般无二，分不出高低上下；公主灿烂如太阳，王子英俊如月亮！

"魔鬼和妖精用魔法唤醒了他们，他们立刻一见钟情。卡马拉扎曼将自己的戒指送给了芭朵拉，同时接受了公主的戒指作为定情信物。然后魔鬼又使芭朵拉沉睡，把她送回了中国。

"第二天早上，王子和公主醒了，他们想起了他们的伟大爱情。但无论是中国的芭朵拉还是波斯的卡马拉扎曼，都不知道在哪里能找到对方。他们拥有的全部就是彼此的戒指。可是没人相信他们的故事，就连他们的父亲都认为他们只是做了一场梦。

"哦,幸好芭朵拉有一位保姆,她的儿子就像公主的亲哥哥一样。他到处寻找,从中国到波斯,最后终于找到了卡马拉扎曼。他说服王子跟他一起去中国,于是他们开始了漫长的旅程。当他们到达中国时,芭朵拉已经因心痛而病得奄奄一息了,她的父亲,就是皇帝,禁止任何人来拜访。

　　"于是卡马拉扎曼写了一封信，并附上了他们初遇的那个迷人夜晚她送给他的戒指。看到这些，公主的病立刻就痊愈了。重逢让他们欢喜万分，当然，他们很快就举行了婚礼。然而魔鬼和妖精却永远也无法判断谁更漂亮：是美如太阳的公主，还是俊如月亮的王子？"

舍赫拉查德在月光下编织出越来越多的美妙故事来取悦苏丹，每个夜晚都充满了魅力。

"今晚我给您讲讲阿哈迈德吧，"舍赫拉查德说，"王子的船在海上迷失的神奇故事。"

"那艘船被吸向一块磁铁岩，岩石上立着一个青铜战士。"她解释道，"狂风呼号，怒浪如山。可怕的磁铁岩吸走了船上所有的钉子，船被毁了！不知何故，阿哈迈德王子却从死神掌中逃了出来。他爬上岩石，看见那个青铜战士竟然是活的！王子拉开魔法弓，朝青铜战士射了一箭，青铜战士跌下马来，落入了茫茫大海。风停了，浪静了，另一艘船出现在海面上，载着阿哈迈德开始了更多的冒险！"

苏丹多么喜爱这些故事啊，它们就像一颗颗串在丝线上的珍珠！玫瑰与香水、国王与魔鬼、宝物与护身符、飞毯与秘密洞穴、盗贼与神灯、宫殿与石榴……这些故事散发着芬芳。

终于，有一天晚上，舍赫拉查德不再讲她的故事了，她向苏丹深深地鞠了一躬。

"我的王啊，"她说，"我已经为您讲了一千零一夜的故事。这段时间里，我为您生了三个孩子，讲了很多奇闻怪事。现在请您告诉我，我是该生还是该死呢？"

"我的王后，该下拜的人应该是我，"苏丹回答道，"你让我看到了女人的真实面貌。现在我明白了，女人是聪明、美丽、忠诚、真实、善良的。你每讲完一个新故事，我都会更加爱你。我将废除我那愚蠢的法律。"

那天晚上，巴格达举行了一场盛大的纪念活动，到处是音乐、酒宴、欢声和笑语。苏丹和舍赫拉查德站在最高的塔楼上，俯瞰着这座欢乐的城市。

"我的书记官会把你所有的故事记录下来整理成书的，"苏丹说，"我们就叫它《一千零一夜》吧。而你，舍赫拉查德，将作为有史以来最伟大的故事讲述者被人们永远铭记。"

威廉·退尔

焦阿基诺·罗西尼作曲，
取材于席勒的戏剧《威廉·退尔》

春天悄然而至，它越过高山，拂过波光粼粼的湖泊，徜徉在瑞士的绿色草地上。瑞士人热爱自己的国家，但自从奥地利国王派兵占领了他们的土地，他们的生活就变得十分艰难了。现在，统治他们的是一个名叫盖斯勒的暴君，这家伙极其邪恶，企图通过越来越高的税收和把交不起税的人统统扔进监狱，来惩治瑞士人民。

威廉·退尔是一位勇敢的猎人，他和妻子，还有儿子杰米住在山里。他是个百发百中的神箭手，有人说他从未偏过靶心。

"必须得做点儿什么。"威廉·退尔对家人说，"我们的朋友正在挨饿，人人都活在恐惧中。必须要彻底除掉盖斯勒。"

他决定召集一支由农民和牧民组成的军队。他想从牧民的儿子阿诺德开始，阿诺德长得又高又壮，会成为一名好战士。

阿诺德暗恋着马蒂尔德，她是奥地利的公主，盖斯勒的妹妹。他不知该何去何从——是跟随他的同胞，还是跟随自己的心。可是有一天，他的父亲失踪了，因为盖斯勒袭击了村庄，房屋被烧毁，村民被士兵抓走了。

"我的朋友，"退尔说，"我有个坏消息，你父亲被盖斯勒抓住杀害了。"

"我一定要报仇雪恨！"阿诺德哭喊着说，"我要忘掉马蒂尔德。我们什么时候进攻？"

"还没到时候，"退尔说，"首先我们必须训练村民们学会使用刀剑和十字弓。等时机成熟，我们将在山顶上点火，作为集合与战斗的信号。"

接下来的几天，他们挨家挨户去召集男人……

在阿尔道夫镇的总督府里，盖斯勒听说村民们在闹事。他还听说一个叫威廉·退尔的人正在煽动民心、制造事端。然而盖斯勒并不相信会受到什么真正的威胁，他有钱有势，他的军队是打不垮的。不过，想个新法子来惩治瑞士人，还是会让他感到非常快活的。

他叫卫兵在市集广场上竖起了一根高杆，并把自己的帽子挂在上面。

"任何人经过时都要对着帽子鞠躬，"他下令道，"谁不鞠躬，就处死谁。"

卫兵们将盖斯勒的新法律宣讲给穿过广场的每一个人，人们都非常害怕，只好照办。盖斯勒在府邸窗口看着这一切，开心地大笑起来：让这些软弱的人安分守己，实在是易如反掌。

退尔和杰米来到阿尔道夫的市集广场。当他们穿过广场时，卫兵拦住了他们，告诉他们应该向盖斯勒的帽子鞠躬。

"这是尊敬的表示。"卫兵说。

"威廉·退尔不尊敬盖斯勒,"退尔怒吼道,"我鄙视他。我们走,杰米!"他们继续往前走。

卫兵立刻跑进府邸去报告。"有个叫威廉·退尔的家伙,"他们嚷道,"拒绝鞠躬!"

盖斯勒走进广场。"这么说你就是威廉·退尔喽。"他斜睨着退尔。退尔的十字弓射技盖斯勒早有耳闻,于是他决定测试一下。"拒绝向我的帽子鞠躬是要受重罚的,你和你的儿子都得被处死,除非……"盖斯勒得意地狞笑着。他大步穿过市场,从水果摊上拿起一个苹果,将它放在了杰米的头上。

"我可以饶你们的命……如果你能在百步之外一箭射中你儿子头上的苹果!"

聚集的人群倒吸了一口冷气，马蒂尔德公主也在人群中。退尔脸色都白了。"我不能那么做。"他说。

"你不是瑞士最好的射手吗？"盖斯勒说。所有人都沉默下来，这时杰米开口说道："爸爸，我知道你能做到。你是世界上最好的射手……我不害怕。"

退尔平静地走开一百步，他从箭筒里拿出了两支箭，一支别在腰间，另一支搭在了十字弓上。他举箭瞄准，手臂都在颤抖。

"冷静。"他对自己说，然后深吸了一口气……扣下了扳机。

箭稳稳地、坚定地飞过了广场。

四下一片寂静……

紧接着，人群爆发出巨大的欢呼声。

他做到了！苹果从杰米的头上掉下来，被干净利落地射成了两半。

但盖斯勒却抓住了退尔。"你拿了两支箭，第二支是干什么用的？"

"如果我射伤了我儿子，"退尔说，"第二支箭就会射向你！"

"你会为此付出代价的，"盖斯勒咆哮着，"我要处死你！"

杰米开始飞跑，他知道得去找人救父亲。他径直跑向了马蒂尔德。

"我来帮你。"她说，"我哥哥是个残忍的人，我现在站在你们这边！"

他们一起向山里跑去，马蒂尔德在那里找到了阿诺德，将发生的事告诉了他。"我们得去给军队发信号，"阿诺德说，"走吧！"

此时，夜幕降临了，盖斯勒决定把威廉·退尔带到湖对岸的古堡去，等天亮了在那里处决他。

可是乌云已密布在山顶，可怕的暴风雨铺天盖地而来，闪电撕裂夜空，狂风怒吼，饥饿的浪涛在湖面翻滚，冰冷的雨水抽打着他们。

盖斯勒的卫兵惊慌失措，"暴风雨太猛烈了，我们无法掌舵，"他们大声喊，"我们要被淹死了！"

"我可以帮你们掌舵，"退尔喊道，"给我松绑！"

盖斯勒恶狠狠地瞪着退尔。"割断绳子，"他朝卫兵大喊，"但要看牢他，别让他跑了。"

威廉·退尔熟练地引导小船穿过黑暗风暴，划过怒浪滔天的湖面。就在他们快要抵达安全地带时，退尔突然从船帮栽进了汹涌的波涛。当盖斯勒的卫兵把船拖上岸时，威廉·退尔似乎已被怒涛吞噬了。

"也好，省得我麻烦了。"盖斯勒冷冷地说。

可当他抬起头时，却看到了一幅非同寻常的景象，山顶上燃起了熊熊烈火。

杰米点燃了烽火，作为召集村民的信号。

第二个烽火也被点燃了，随后是第三个，不久所有的山头都被点亮了。

四处响起愤怒的吼声，村民们犹如暴风雨般冲进了山谷，盖斯勒一行人陷入惊慌混乱中。

盖斯勒冲向他的城堡，然而在一块高高的岩石上，威廉·退尔正站在那里。

"我还以为你被淹死了呢！"盖斯勒说。

"死的不是我！"退尔大喊道。

他射出了那第二支箭，正中盖斯勒的黑心。

没了盖斯勒，卫兵们惊恐地向后退去。当他们意识到溃败已成定局时，便转身逃走了，穿过黑暗潮湿的森林，逃回了奥地利。

威廉·退尔跟随村民回到山里，他的妻子和小杰米正在那里等着他。

"我勇敢的孩子，"他紧紧地拥抱杰米，"没有你，我无法做到。"

就在这时，乌云散开，太阳在天空中迸射出万丈光芒，温暖而灿烂，群山被曙光照亮了。

马蒂尔德握住了阿诺德的手。"什么都不能让我们分开了。"她说。

"看！"退尔说，"新生活的第一天！美丽的土地，我们的骄傲！让我们永远脱离苦难吧！"

音乐笔记

让我们来了解一下这些作曲家，以及激发他们创作灵感的作家、故事和音乐吧。下面还有推荐的音乐唱片以供在线收听或下载哦。

保罗·杜卡斯（1865—1935）的《魔法师的弟子》

这首活泼有趣的音乐被称为"交响诗"，音乐代替文字，讲述了一个淘气学徒的故事。1897 年，法国作曲家保罗·杜卡斯受德国作家约翰·沃尔夫冈·冯·歌德的叙事诗《魔法师的弟子》的启发，创作了这支曲子。

音乐出色地诠释了故事的每个部分——从安静的开篇到鲁莽的扫帚的出场，再到地板上的水越积越深……最后魔法师回来解除咒语。边听管弦乐，边猜测其描述的是故事的哪个部分，这个过程非常有趣。1940 年，华特·迪士尼电影公司在拍摄的动画片《幻想曲》（2000 年曾重新翻拍）中，就采用了《魔法师的弟子》这个故事，还配上了杜卡斯的音乐，出演学徒的是米老鼠！

让·西贝柳斯（1865—1957）的《图内拉的天鹅》

《卡勒瓦拉》是 19 世纪从芬兰古代传说和民间故事中收集整理而成的故事诗集。这些故事原本是由一种类似小古筝的弦乐器康特勒琴演奏传唱的。故事里充满了奇特的魔法，角色通过"唱歌"召唤魔法，并运用这种技巧摆脱各种困境。1893 年至 1896 年，芬兰作曲家西贝柳斯根据《卡勒瓦拉》的故事写了四首"交响诗"，取名为《莱明凯宁组曲》，作品名取自故事中英俊而误入歧途的英雄的名字。其中第二首就是《图内拉的天鹅》。乐曲神秘、冰冷，笼罩着淡淡的忧伤。西贝柳斯用弦乐器创造了一个寒冷且黑暗的世界，而诡异的天鹅这一形象是用一种被称为英国管的木管乐器来表现的。这个故事看似恐怖，实则很感人——因为无论儿子身上有多少缺点，母亲也会无条件地爱他，甚至甘愿为他牺牲。

尼古拉·里姆斯基－科萨科夫（1844—1908）的《黄蜂飞舞》（选自《萨尔丹沙皇的故事组曲》）

《黄蜂飞舞》（又译作《野蜂飞舞》）出自俄罗斯作曲家里姆斯基－科萨科夫的歌剧《萨尔丹沙皇的故事》，该歌剧创作于1900年，取材于俄罗斯大文豪亚历山大·普希金的一首诗。而这首诗的灵感源于普希金儿时听过的一些民间故事。

里姆斯基－科萨科夫喜欢写童话音乐，在这部壮丽的歌剧中，很多出彩的乐章都是为管弦乐队创作的。里姆斯基－科萨科夫从中选择了三首进行单独演奏，名为《萨尔丹沙皇的故事组曲》。这是一组美妙的音乐，表现了故事的重要部分，如天鹅公主、漂浮在海上的木桶。

不过，其中的选段——《黄蜂飞舞》却是最著名、最受欢迎的。小提琴和木管演奏得快速而激烈，完美地展现了黄蜂的嗡嗡声。虽然这首曲子持续时间不到两分钟，但演奏的难度却出了名地大。

爱德华·格里格（1843—1907）的
《山魔王的大厅》（选自《培尔·金特组曲》）

挪威民间的巨魔故事最为有名，这些巨魔藏身于洞穴或黑暗森林里。但有些故事也提到了一个叫培尔的传奇英雄，这些故事激发了挪威伟大的戏剧家亨利克·易卜生的灵感，他于1867年创作了一部名为《培尔·金特》的戏剧。几年后，格里格为这部戏剧谱写了辉煌的乐章《培尔·金特组曲》。

虽然这部组曲曲调无比优美、音乐画面感十足，但最生动、最刺激的部分还是《山魔王的大厅》。轻轻拨动弦乐器，音乐缓缓地响起，随着故事情节的发展——当凶残的巨魔想把培尔·金特变为腹中之物，开始疯狂地舞蹈时，音乐逐渐激烈起来。

培尔还有很多其他冒险，他周游世界各地，最后才明白真正让自己幸福的人是故乡的索尔维格，她终生都在等着他。这部戏剧很长，本书没有全部采用，只选取了故事第一部分"群魔乱舞"的情节。

除了《山魔王的大厅》，你还可以欣赏格里格为《培尔·金特》谱写的其他乐章，特别是《晨景》和《索尔维格之歌》。

尼古拉·里姆斯基－科萨科夫（1844—1908）的
《舍赫拉查德》

《舍赫拉查德》又名《一千零一夜》或《天方夜谭》，是一部起源于8世纪的阿拉伯民间故事集，这些民间故事由故事的女主人公舍赫拉查德串联在了一起。这些故事激发了里姆斯基－科萨科夫的灵感，创作出45分钟不朽的音乐故事，并于1888年进行了首演。

Rimsky-Korsakow
1844-1908

音乐的开头部分，气势汹汹的铜管乐器发出刺耳的声音，表示苏丹愤怒的吼叫。接着是小提琴独奏，我们通过音乐听到了舍赫拉查德的声音，她讲述着美妙的故事。

作品分为四个部分：

（1）大海与辛巴达的船；

（2）卡伦德王子的故事；

（3）年轻的王子与公主；

（4）巴格达的节日：大海，航船撞上有青铜骑士的磁铁岩。

里姆斯基－科萨科夫并没有说舍赫拉查德的哪些故事激发了他的灵感，所以我选择讲述那些我认为与这些音乐最匹配的故事。在第一部分，我提到了辛巴达第一次航海那个令人兴奋的故事；第二部分，我选择了关于卡伦德王子的第二个故事，他被变成了猿猴，故事止于公主的魔法火焰；第三部分我选择了卡马拉扎曼王子和芭朵拉公主的美丽爱情故事；第四部分，我描述了一场戏剧性的船难来收尾，故事里阿哈迈德王子的船被一块磁铁岩摧毁了。

你可以在《一千零一夜》故事集中读到这些迷人的魔法故事的完整版。

焦阿基诺·罗西尼（1792—1868）的《威廉·退尔》

焦阿基诺·罗西尼是一位意大利作曲家，他创作了很多著名歌剧，移居巴黎后，他创作的最后一部作品就是《威廉·退尔》。这部歌剧1829年在巴黎进行了首演，内容改编自德国诗人弗里德里希·冯·席勒讲述的瑞士著名民间英雄故事。这是一个非常感人的故事，人们为祖国和正义而战——故事里充满了勇气和希望。

不过迄今为止，歌剧中最为人熟知的部分是序曲（歌手上台前，乐团演奏的音乐）。序曲从表现可怜的瑞士人民的痛苦开始，然后是一场戏剧性的暴风雨，用管弦乐表现暴雨与闪电，紧接着平和宁静的音乐唤醒了自然。最后是举世闻名的结尾部分，当威廉·退尔快速行动参与战斗的音乐响起时，我敢打赌，没有人不会轻踏脚尖。

推荐唱片

本书中的音乐你可以在网上或任何你能听音乐的地方找到。下面是作者特别推荐的一些很棒的音乐唱片。

《魔法师的弟子》

荷兰广播管弦乐团　指挥：琼·福内特（天龙唱片公司）

图卢兹首都管弦乐团　指挥：米歇尔·普拉松（百代/华纳唱片公司）

RTÉ 国家交响乐团　指挥：珍–露西·廷高（拿索斯唱片公司）

《图内拉的天鹅》（选自《莱明凯宁组曲》）

冰岛交响乐团　指挥：佩特里·萨卡里（拿索斯唱片公司）

柏林爱乐乐团　指挥：赫伯特·冯·卡拉扬（德国留声机唱片公司）

皇家爱乐乐团　指挥：亚历山大·吉布森爵士（Alto 唱片公司）

《黄蜂飞舞》（选自《萨尔丹沙皇的故事组曲》）

西雅图交响乐团　指挥：杰拉德·施瓦茨（拿索斯唱片公司）

伦敦爱乐乐团　指挥：弗拉基米尔·阿什肯纳齐（迪卡唱片公司）

鹿特丹爱乐乐团　指挥：大卫·辛曼（飞利浦音乐集团）

《山魔王的大厅》（选自《培尔·金特组曲》）

哥德堡交响乐团　指挥：尼米·嘉维（德国留声机唱片公司）

马尔默交响乐团　指挥：比加特·恩格泽特（拿索斯唱片公司）

BBC 苏格兰交响乐团　指挥：杰吉·马克西缪克（拿索斯唱片公司）

《舍赫拉查德》

伦敦爱乐乐团　指挥：马里斯·扬松斯（百代 / 华纳唱片公司）

阿姆斯特丹管弦乐团　指挥：基里尔·康德拉辛（飞利浦音乐集团）

基洛夫管弦乐团　指挥：瓦列里·捷吉耶夫（飞利浦音乐集团）

《威廉·退尔》序曲

伦敦爱乐乐团　指挥：卡洛·玛丽亚·朱利尼（百代 / 华纳唱片公司）

布拉格交响乐团　指挥：克里斯蒂安·本达（拿索斯唱片公司）

瓦索维亚交响乐团　指挥：耶胡迪·梅纽因（索尼唱片公司）

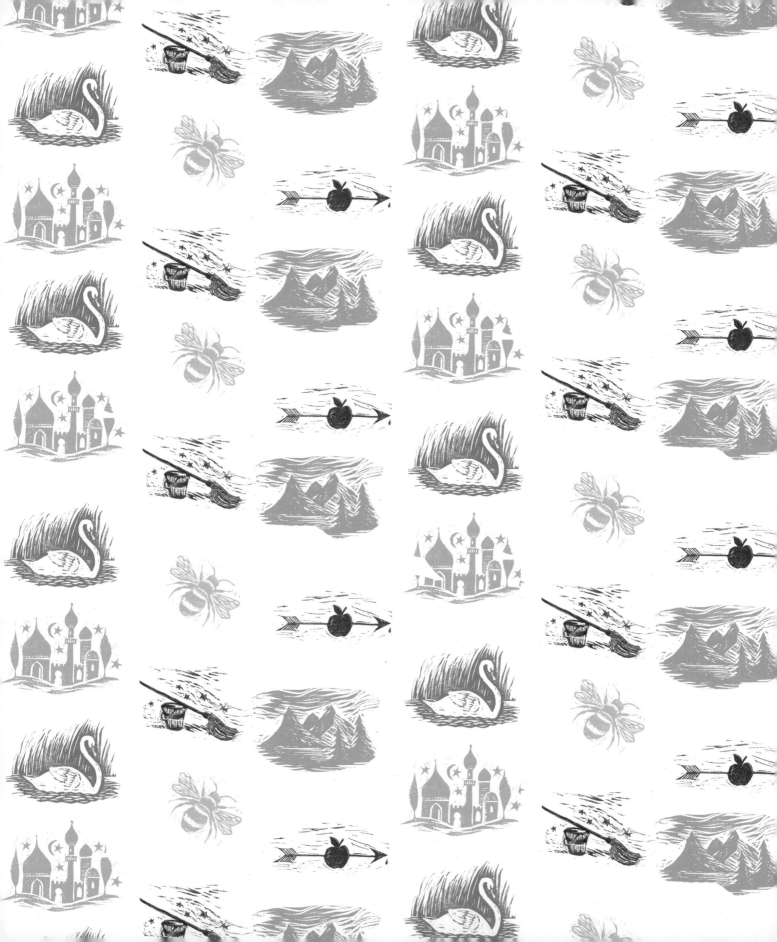